AF329402

DISCOURS

PRONONCEZ

DANS · L'ACADÉMIE

FRANÇOISE,

Le Jeudy 10. Janvier MDCCXXXVII.

A LA RÉCEPTION

DE M. DE FONCEMAGNE.

A PARIS,

De l'Imprimerie de Jean-Baptiste Coignard,
Imprimeur du Roi, & de l'Académie Françoise.

MDCCXXXVII.

4 pieces 1 vol.^e

M. DE FONCEMAGNE, *ayant été élû par Messieurs de l'Académie Françoise, à la place de feu* M. L'EVESQUE DE LUÇON, *y prit séance le Jeudi* 10. *Janvier* 1737. *& prononça le Discours qui suit.*

MESSIEURS,

Tout ce qui peut satisfaire l'ambition d'un homme de Lettres, & toucher un cœur sensible, se réünit dans la grace que vous m'accordez. Qu'il est doux d'être couronné par les mains de l'Amitié !

Oüi, MESSIEURS, c'est à ce sentiment, dont plusieurs d'entre vous m'honorent, que je suis redevable de votre indulgence. Tandis qu'en-traînez par un panchant qu'il eſt pardonnable de ſuivre, au hazard même de s'égarer, ils ne voyoient en moi que leur ami ; ceux de qui je n'avois ni mérité, ni dû attendre ce tître, ont bien voulu me juger, ſur la prévention favora-ble que leur inſpiroient des liaiſons, ſi capables d'impoſer à leur diſcernement.

Le Public accoûtumé à voir, que vous ne man-quez jamais de reſſources, pour réparer vos pertes, s'eſt formé une longue habitude de penſer que l'Académie n'en fait réellement aucune. S'il croit avoir acquis le droit d'exiger quelque propor-tion, entre la réputation que laiſſent après eux les Hommes célébres qui vous ſont enlevez, & les eſperances que donnent ceux qui les rempla-cent ; je ne puis qu'être allarmé de l'humiliante comparaiſon, à laquelle je m'expoſe dans ce moment.

Le nom de M. L'Evesque de Luçon, rappelle -ici le ſouvenir du plus excellent Académicien, & de l'homme le plus cher à la Societé. Sans par-ler des qualitez d'un ordre ſupérieur, qu'il ne m'appartient pas de célébrer ; combien de talens, combien de vertus aimables, ſe raſſembloient dans ſa perſonne ! Beauté d'eſprit ; littérature choiſie & variée ; goût délicat ; critique d'autant plus ſûre, que la connoiſſance des regles éclairoit le ſentiment ; étude approfondie des fineſſes de notre

Langue ; douceur de mœurs, qui, le rendant toujours égal à lui-même, lui affujettiffoit dans les autres cette inégalité, qu'on appelle humeur ; politeffe noble, auffi éloignée du vain cérémonial qui en ufurpe le nom, que du rafinement d'orgueil qui en affecte les déhors ; charme de la converfation, dont l'art confifte plus à favoir plaire, qu'à vouloir briller : Que dirai-je, enfin ? Science du monde, naturelle, il eft vrai, aux perfonnes d'une haute naiffance ; mais qu'il n'eft pas donné à tous d'affaifonner des graces, qui la rendent la plus aimable des fciences.

Que la perte d'un homme, né pour faire les délices des autres hommes, a dû caufer de regrets à ce nombre choifi d'Amis plus intimes, qui goûtoient tous les jours les agrémens de fon commerce ! Pendant qu'ils payoient à fa mémoire le jufte tribut de leur douleur ; je n'étois que trop difpofé à les plaindre... Je pleurois alors mes propres malheurs : je pleurois un Mort illustre, qui me procura le fort tranquille dont je joüis ; & qui avoit fçû m'attacher, par des liens plus forts que ceux de la reconnoiffance.... Peut-être, dois-je encore aux bontez qu'il eut pour moi, l'honneur d'avoir attiré vos regards : j'ofe du moins m'en flatter ; & la grace que vous me faites, en acquiert un nouveau prix.

Je la reffens, Messieurs, dans toute fon

étendüe : mais, sans me dissimuler à moi-même la difficulté de justifier votre choix. Je n'ai d'autre tître à faire valoir auprès de vous, que l'avantage d'être associé à une Compagnie savante, * qui s'est applaudie plus d'une fois, de vous avoir fourni des Sujets dignes de Vous. Quoique je n'eusse pas lieu de me compter parmi ceux qui vous étoient destinez, j'ai senti de bonne heure, combien il importe pour l'Erudition Litteraire, qu'une Académie, particuliérement dévoüée à la cultiver, continüe d'entretenir avec Vous l'utile correspondance, qui a subsisté depuis son établissement.

L'Erudition & le genre d'études qu'elle exige, communiquent souvent à l'imagination la sécheresse qui leur est propre ; & insensiblement éteignent le feu, qui doit donner la vie aux productions de l'esprit. L'Académie des Belles Lettres est pour jamais à couvert de ce danger. Il lui suffiroit d'avoir eü vos Ancêtres pour auteurs de son origine : mais le souffle qu'Elle reçut d'eux avec la naissance, se ranime encore & se renouvelle, lorsqu'en adoptant quelques-uns de ses membres, vous serrez les nœuds qui l'unissoient à Vous. Lui seroit-il donc permis d'oublier, que les recherches les plus profondes & les découvertes les plus intéressantes, empruntent leur principal mérite, de l'art qui les met en œuvre ; de cet art précieux, qui fait arranger avec choix,

expofer avec clarté, orner avec fageſſe ; en un mot,
de l'art d'écrire, dont vous feuls dictez les préceptes, en même-temps qu'Elle partage avec Vous
la gloire d'en donner des modéles ? Pourroit - elle
ignorer que la Langue dont elle ſe ſert, pour
traiter les différentes matiéres de ſon reſſort, eſt
devenüe, par un effet néceſſaire de vos judicieuſes
obſervations, capable de ſe plier à tous les uſages,
à tous les beſoins?

Que l'on ne reproche plus à la Langue Françoiſe
ſa prétendüe diſette. Depuis que, par d'exactes dé-
finitions, vous avez fixé le ſens de tous les termes ;
depuis que, par des diſtinctions délicates, vous
avez démêlé les nüances de ceux qui avoient, en
apparence, une même valeur ; la Langue exprime
avec préciſion tout ce que l'eſprit a conçu avec
netteté : & de l'abondance que vous lui avez aſſû-
rée, non en lui prêtant des richeſſes étrangéres,
mais en dévéloppant celles qui étoient cachées
dans ſon ſein, non en multipliant les mots, mais
en nous enſeignant la propriété de ceux que nous
avions, eſt née cette merveilleuſe juſteſſe, qui
fait le caractére particulier de la Langue Françoiſe.

Ce n'eſt pas dire aſſez. Telle eſt la liaiſon des
idées avec les mots, que la juſteſſe de la Langue
ſemble avoir produit à ſon tour la juſteſſe de l'eſprit. Toutes les Nations ſavantes, celles même que
la jalouſie rendit quelquefois injuſtes à notre
égard, ſont forcées d'avoüer que les Livres Fran-

çois font prefque les feuls Livres écrits avec clarté, compofés avec méthode : les feuls peut-être , où les idées, enchaînées l'une à l'autre dans un ordre lumineux, fe préfentent au Lecteur, fous la forme la plus propre à l'éclairer & à l'inftruire.

Les progrès de notre Langue, la perfection de nos Ecrits, font votre ouvrage, MESSIEURS: & c'eft ainfi que vous avez rempli les vües de votre Illuftre Fondateur. Ce génie vafte & profond, qui embraffoit d'un coup d'œil la fuite & la fin des projets qu'il avoit conçus, RICHELIEU envifagea, dans le plan de votre établiffement, tous les avantages qui en devoient naître. Il prévit des fuccès, dont il n'a pas été le témoin : & les prévoir, c'étoit en joüir. Mais pouvoit-il penfer qu'un jour, frappez de l'éclat de ces mêmes fuccès, nos Souverains ne dédaigneroient pas de prendre dans vos Faftes, un rang qu'il avoit occupé le premier ? Après la mort d'Armand, SEGUIER vous offrit un azyle dans le Temple de la Juftice, dont il étoit le Chef ; comme s'il eût voulu, en vous y introduifant, vous approcher du Thrône, au pied duquel vous appelloient vos Deftinées.

Difpenfez - moi de rien ajoûter aux Eloges, qu'une jufte admiration & une ingénieufe reconnoiffance vous ont infpirez, depuis près d'un fiécle, à l'honneur d'un Prince, dont le régne eft la plus brillante Epoque de notre Hiftoire, & de la Vôtre. Ou du moins, fi je rappelle aujourd'hui les

Titres de Pieux, de Jufte, de Victorieux, de Pacificateur, de Protecteur des Mufes, tant de fois
employés pour defigner LOUIS XIV. que ces
mêmes traits fervent à former le Portrait de
LOUIS XV. & que dans l'Augufte Petit-Fils,
on reconnoiffe fon Immortel Bifayeul.

Grand Roi, cette reffemblance tourne encore
à votre gloire. Les vertus que l'on admire dans
l'Héritier de votre Scéptre, font le fruit des exemples que vous lui avez laiffez, & fur-tout des
admirables Inftructions que vous lui donnâtes, au
moment fatal, où vous parûtes vous reprocher à
vous-même cette portion de votre héroïfme, qui
avoit trop coûté à vos Sujets.

Nous ne fçaurions en douter, Messieurs:
les dernieres paroles de LOUIS XIV. mourant,
font les maximes fondamentales de l'heureux gou-
vernement, fous lequel nous vivons. Un Miniftre
fage, auffi modéré dans l'exercice de fon pouvoir,
que défintéreffé dans l'ufage qu'il en fait, un Miniftre ami de la Vertu & des Lettres, également
cher à fon Maître qui a mis en lui toute fa
confiance, aux Peuples qui beniffent fon nom,
& aux Puiffances étrangéres dont il a merité d'être
l'Arbitre, procure la Paix à l'Europe, dans un
temps où la France feule paroiffoit n'avoir au-
cun intérêt de la defirer.

Déja nous goûtons les douceurs de cette Paix
glorieufe, avant qu'elle nous foit annoncée. J'ap-

prendrai de Vous, Messieurs, à la célébrer : le bonheur public fera l'objet des prémiéres
Leçons d'Eloquence que je vais recevoir. Pouvois-
je être admis parmi-Vous, fous des aufpices plus
favorables ?

RÉPONSE

RÉPONSE DE M. L'ABBÉ DE ROTHELIN, au Difcours de M. DE FONCEMAGNE.

MONSIEUR;

Honoré deux fois dans la même année d'un emploi fi fupérieur à mes forces, j'avoue que j'aurois ofé me plaindre de l'excès des faveurs du fort, fi le choix de l'Académie, en couronnant vos vertus & vos talens, n'eût pas fait d'une charge pénible une fonction digne d'être enviée.

L'avantage d'être votre confrére dans l'Académie des belles Lettres, produifit en moi de bonne heure le même effet qu'ont éprouvé tous ceux qui vous connoiffent ; dès-lors je defirai très-vivement de pouvoir en tous temps & en tous lieux vous avoir pour confrére & pour ami.

Mais bien-tôt un commerce plus intime m'ayant mis à portée de découvrir toute l'étendue de vos lumiéres, je compris de quelle importance il nous feroit de partager ici avec vous le foin de perfectionner une Langue, dont perfonne n'a faifi mieux que vous le génie, les régles & l'ufage, & dont auffi perfonne ne fait mieux faire fentir & la force & les beautez.

B

En effet vous parûtes à mes yeux un de ces hommes deſtinez à juſtifier les eſpérances que l'Académie Françoiſe avoit conçues, lorſque par les ordres d'un Prince, dont les regards, comme ceux du Soleil, portoient par-tout la lumiére & la vie, quatre de nos prédéceſſeurs jettérent les premiers fondemens de l'Académie des Inſcriptions.

Dans un ſiécle fécond en miracles, il n'étoit pas difficile de préſager le ſort réſervé à cette Société naiſſante; & quoique dans ſon origine elle ſe bornât uniquement à conſacrer ſur le marbre & ſur le bronze les faits héroïques de ſon Fondateur, on prévoyoit ſans peine que dans peu, outre cette noble occupation, elle embraſſeroit encore par ſon travail l'Hiſtoire & la Littérature de tous les temps & de tous les pays.

Cependant ce n'étoit-là qu'une des vuës de ce petit nombre d'hommes choiſis, qui durant pluſieurs années compoſérent toute la Colonie. Fidéles à l'Académie Françoiſe, dont ils étoient, pour ainſi dire, un détachement, ils ſouhaitoient que cet établiſſement nouveau ne fût pas pour elle moins utile que glorieux.

Leurs vœux ne tardérent pas à s'accomplir. LOUIS LE GRAND, ſans ceſſe occupé de porter chaque choſe à ſa perfection, ouvrit à l'Académie des Inſcriptions l'immenſe carriére qu'elle parcourt ſous le nom d'Académie des belles Lettres. Auſſi-tôt on la vit s'accroître d'une foule de Savans du premier ordre, qui du fond même de nos Provinces accoururent pour s'affocier à fes travaux. Mais la loi de n'écrire qu'en François, loi que jamais elle n'a tranfgreffée, obligea tous ceux qu'elle adoptoit, à faire de l'étude de notre Langue, une de leurs plus férieufes occupations. Ces hommes d'un goût fûr & délicat, s'appliquant à la cultiver, en poffédérent aifément toutes les graces, qu'ils ont depuis fait paffer dans leurs Ecrits : c'eft ainfi que dans le fein même des Mufes Grecques & des Mufes Latines, il s'eft formé pour l'Académie Françoife des Sujets, qu'elle prife d'autant plus qu'ils font en état de l'enrichir de tous les tréfors d'Athénes & de Rome.

J'en appelle à ce Recueil précieux, que la Renommée a rendu célébre au-delà même des bornes de l'Europe; c'eft dans ce Code de la Littérature, dont vos Differtations, Monfieur, font un des grands ornemens, que la nobleffe.& l'élégance du ftyle accompagnent toujours l'exactitude de la méthode, la jufteffe de la critique, & la profondeur de l'érudition.

Il eft vrai que le Public murmure de ne voir plus votre nom que rarement, dans les derniers volumes de nos Mémoires; mais cette perte, qu'il fouffre à regret, il ceffera de vous la reprocher, quand il faura que vous n'êtes difpenfé des engagemens qui vous lioient avec lui, qu'à caufe que votre Académie éxige de vous deux fois par

an un ouvrage plus long , plus pénible , & non
moins intéreſſant pour elle. C'eſt de rendre compte
par d'exactes analyſes , de la ſuite & du progrès de
ſon travail , à des Auditeurs dont il eſt eſſentiel ,
autant que flatteur , de mériter les ſuffrages.

Je dis plus ; ce Public judicieux démêlera facilement les motifs qui ont déterminé vos Confréres à vous confier un emploi ſi délicat. Il ſe char-
gera même de vous dédommager du généreux ſacrifice que vous faites en renonçant aux applau-
diſſemens que vous étiez ſûr d'obténir de vos
Lecteurs ; ſi cependant on fait un ſacrifice , lorſ-
qu'on ſe contente de l'approbation unanime de
l'Académie des Sciences , & de l'Académie des
belles Lettres.

Au reſte , Monſieur , ne croyez pas devoir ſeu-
lement à vos écrits la place que vous rempliſſez
parmi nous. Il n'eſt permis à perſonne d'ignorer
que cette Compagnie , plus jalouſe encore des
qualitez qui forment l'honnête homme , que de
celles qui font l'homme ſavant , n'a jamais pré-
tendu récompenſer les talens , que dans ceux dont
elle honoroit les vertus.

Les vôtres , Monſieur , fourniroient un vaſte champ
à un Orateur plus occupé de briller que de vous plaire ; mais ſi mon bonheur m'a procuré mille occaſions
de juger par moi-même à combien de titres vous
vous êtes acquis la réputation dont vous jouiſſez ,
mille autres circonſtances m'ont appris que la ſeule

idée d'un pareil détail vous offenfe. Je le fupprime pour me conformer à vos defirs ; c'eft du moins un hommage que je rends à votre modeftie, vertu qui, même par vos envieux, feroit aimer en vous toutes les autres.

Mais puis-je refufer à mes Confréres la confolation d'être affûrez que par la douceur de vos mœurs, & par l'agrément de votre commerce, vous les dédommagerez, s'il eft poffible, de la cruelle perte qui nous afflige, & qui fera long-temps pour nous le fujet de la plus vive douleur.

Si le lien de la fociété eft le plus doux plaifir de la vie, quels éloges ne mérite point celui qui poffédoit éminemment toutes les qualitez & tous les charmes qui rendent la fociété aimable ? Tel étoit M. l'Evêque de Luçon ; affable, prévenant, généreux, tous les bons offices qu'il pouvoit rendre, il laiffoit à peine le temps de les defirer, jamais celui de les folliciter. Ardent ami, incapable de haine, inacceffible même à la médifance, enfin né pour le bonheur des autres, dont il faifoit uniquement le fien, fon efprit femoit par-tout des fleurs, par-tout fon cœur répandoit des bienfaits.

L'art de plaire, cet art enchanteur qu'il eft fi rare & fi difficile d'acquerir, fut dans M. de Luçon un préfent de la nature. Une politeffe noble, fans hauteur ; une complaifance extrême, fans fadeur ; une attention continuelle, fans contrainte ; une plaifanterie fine & enjouée, fans fatire, formoient en partie fon caractére. Bon juge, admirateur & protecteur des talens d'autrui, il fembloit ignorer les fiens propres. Dirai-je qu'il parloit éloquemment ? Ce ton de la bonne compagnie, plus aifé à fentir qu'à définir, régnoit fouverainement dans fes difcours. Son entretien n'avoit rien d'étudié ; jamais fon ftyle n'étoit apprêté ; fa converfation toûjours coulante, facile, fimple, négligée ; mais il charmoit, il perfuadoit, il entraînoit. S'il traitoit des queftions épineufes, les épines difparoiffoient. S'agiffoit-il de fciences relevées ? elles confervoient leur fublime, & perdoient leur obfcurité. En un mot, tout s'éclairciffoit, tout s'embelliffoit entre fes mains ; mais dans une exacte proportion avec le plus ou le moins de portée des efprits de ceux qui l'écoutoient.

Des difpofitions fi heureufes, toujours inféparables d'un goût exquis, ne permettoient pas à M. de Luçon de négliger les Lettres. Il y fit des progrès rapides ; mais fi les auteurs Grecs & les Latins étendirent & ornérent fon efprit, il ne tarda pas à s'acquitter de la reconnoiffance qu'il leur devoit, par les graces nouvelles qu'il leur prêta toutes les fois qu'il fit ufage, en notre langue, de leurs beautez, qu'il s'étoit appropriées.

De l'amour des Lettres, il paffa facilement à l'eftime de ceux qui les cultivent. Il fit plus, il les fréquenta, il les chérit, & fa maifon devint pour eux un afyle. Ce fut alors que cette Compagnie vit enfin fes defirs fatisfaits, en le recevant dans fon fein : car de tout temps il nous appartenoit, cet homme rare, qui, fans affectation, fans recherche, & guidé par fon feul génie, donnoit chaque jour autant d'exemples de la faine éloquence, que l'Académie en donnoit de préceptes.

Avec le talent de la parole & le don de manier les cœurs, quels fruits abondans n'a-t'il pas dû recueillir dans l'exercice de fon faint Miniftére ? Mais je laiffe aux facrez Panégyriftes le foin de repréfenter comme Evêque, celui que je viens de crayonner feulement comme Académicien, c'eft-à-dire, tel qu'il nous étoit permis de le voir, de l'aimer, de l'admirer. Dans cette retraite des Mufes, où leurs intérêts feuls nous raffemblent, & où règne la plus parfaite égalité, nous aurions prefque ignoré la dignité de M. de Luçon, fi chaque année fa tendreffe pour fes peuples ne nous l'avoit pas arraché. Qui cependant pourroit n'être pas inftruit, qu'il étoit généralement refpecté dans fon Diocéfe, honoré par fes Confréres, aimé par-tout ?

Voilà, Monfieur, une efquiffe imparfaite de celui à qui vous fuccédez : c'en eft affez pour vous faire comprendre ce que l'Académie Françoife attend de vous. Effayez par vos foins, pai votre zéle & par votre affiduité, de nous prouver que notre dernier malheur, quelque grand qu'il fût, n'étoit pas irréparable. Hâtez vous fur-tout de joindre votre voix aux nôtres, pour célébrer dans le Pacificateur de l'Europe, le Pére des Lettres & des Sciences.

N'eft-ce pas une des merveilles de fon règne, & une ample matiére à notre reconnoiffance, que la protection conftante dont il les honore ? Je pourrois rappeler ici une partie de ce qu'il a fait pour elles, pendant le loifir de la paix ; foit en embelliffant le palais qui renferme fes tréfors lit-téraires ; foit en y attachant par fes bienfaits des Savans, dont les veilles & la politeffe rendent facile, aux Etrangers comme à nous, la jouïf-fance de tant de richeffes ; foit enfin, en ne né-gligeant rien pour accroître ce dépôt précieux.

Ce feul motif l'engagea, il y a peu d'années, à envoyer en Orient, dans l'efpérance de fauver encore quelque refte de la docte Antiquité ; & le fuccès de ceux qui s'acquittérent de cette ho-norable commiffion, fuccès égal à leur capacité & à leur zéle, répondit au vif empreffement de notre Roi.

Mais fi la Paix, à l'ombre de fon Trône, a vû fleurir les Sciences & les Lettres, leurs progrès n'auront-ils point été ralentis par le tumulte des Armes ? Non, MESSIEURS, les foins importans & les frais immenfes de la guerre n'ont pû, ni

empêcher

empêcher, ni ſuſpendre l'exécution des magnifi-
ques projets que LOUIS XV. avoit formez en
leur faveur. Et tandis que nos fréquentes victoi-
res donnoient lieu à nos voiſins de douter s'il
reſtoit quelque François dans le monde , qui
ne fût point ſur le Rhin ou ſur le Pô ; des Aſtro-
nomes & des Geométres , choiſis dans l'Académie
des Sciences , partoient avec l'ordre pacifique de
pénétrer , les uns ſous la Ligne , & les autres ſous
le Pôle , pour y conſommer un ouvrage , le ſeul
peut-être , dont l'utilité reconnuë ſoit commune
à tout le genre humain.

Ces hommes illuſtres , qui , en ſe dévouant à
une ſi noble entrepriſe , ont gravé pour jamais
leurs noms dans les Faſtes de l'Univers , auront
appris aux peuples qui habitent la Zone glacée
& les climats brulans , non que les François ſont
invincibles ; en quels lieux n'a point retenti le
bruit éclatant de leurs exploits ? mais qu'il règne
en France aujourd'hui un Monarque , dont les
vûes bienfaiſantes embraſſent du même coup
d'œil les extrémitez de la terre : que la Nation
qui reconnoît ſes Loix , avide de toute eſpèce de
gloire , & ſur-tout de celle de lui plaire , fait ,
avec un ſuccès égal , manier le Téleſcope & l'E-
pée ; & n'affronte pas moins courageuſement les
périls les plus redoutables , ſous les étendarts de
Minerve , que ſous ceux de Mars.